Du Puiset

Raillerie Universelle

RAILLERIE VNIVERSELLE.

DEDIE'E

A MONSEIGNEVR

l'Eminentiſſime

CARDINAL DVC

DE RICHELIEV.

A PARIS,

Chez PIERRE TARGA, Imprimeur

ordinaire de l'Archeueſché de Paris,

ruë S. Victor, au Soleil d'Or.

M. DC. XXXXX.

Auec Priuilege du Roy.

A MONSEIGNEVR

l'Eminentißime Cardinal Duc

DE RICHELIEV.

ONSEIGNEVR,

CETTE Raillerie Vniuerselle
des effets qui arriuent d'ordinaire au monde, selon
la qualité des mœurs & conditions des personnes,
n'est pas tousiours raisonnée par des causes pro-
chaines & immediates: m'attachant à cét ordre ie
me serois dōné plus de peine, & au Lecteur moins
de plaisir qu'il n'aura par le mélange des rapports
& comparaisons naïues & plaisantes qui sont en
cét ouurage, pour le diuertir & tromper ses ennuis
l'espace d'vne heure de celles qui luy sont indiffe-
rentes, & qui seruent de passe-temps à sa vie : d'ail-
lieurs aussi que la Poësie doit partir & prédre plu-
stost sa naissance d'vne boutade d'esprit viue & fa-
cile, que non pas d'vne recherche penible & for-
cée. Et si i'ay pris la hardiesse de le presenter à
V. Eminence, ce n'est pas tant pour le merite de la
chose que pour le grand respect que i'ay porté en
mon ame dés le commencement de ma vie à l'excellence & rareté qui a paru de tout temps en vous

extraordinaire & releuée par deſſus le commun
des hommes, en ſuite de la cognoiſſance particu-
liere que i'ay eüe de l'eſtude, & du ſoin que vous
auez pris à vous rendre vniuerſel aux lumieres des
ſciences, & en la pratique des vertus: Et ce qu'on
en doibt le plus admirer, c'eſt qu'en la ſaiſon
printaniere de nos ans, lors que le ſang bouil-
lonnant dans les veines trouble tellement les eſ-
prits qu'on ſe laiſſe aller au courant des paſſions,
c'eſt lors que vous aués fait paroiſtre vne puiſſance
nompareille ſur elles, & que vous ſcauiez domter
auec addreſſe & prudence ces monſtres & Cer-
beres de nos ames, preſage à l'auenir de meriter vn
iour le gouuernement non des Empires & ſouue-
rainetez de la terre, mais de pluſieurs mondes, s'il
y en auoit plus d'vn. I'en puis rendre teſmoignage,
puis qu'vne maiſon paternelle que la fortune m'a
rauie auant qu'en auoir la iouyſſance, ſeruoit de
borne à vos yeux, & non pas à vos penſées, d'où
l'on vous découuroit, employant les iournées &
les années entieres à l'entretien & conference des
hommes d'élite plus habiles de ce Royaume: C'eſt
là où voſtre entendement, éclairé des vrayes lumieres & connoiſſances des choſes, a fait embraſ-
ſer à voſtre volonté les ſoliditez de la vertu, &
mépriſer les vaines apparēces de la volupté: C'eſt
en ce lieu où n'eſtant point diſtrait vous auez appris parfaitement à ſeparer le bien d'auec le mal,
le vray d'auec le faux: Et ie diray hardiment que
c'eſt où vous aués ietté les ſemences qui ont produit ce fruit ſi doux & vtile à la France, & dont
elle en conſeruera le gouſt & la ſaueur à la poſte-

rité, iufques à bien des fiecles à venir, & en dé-
pit des deffeins ambitieux & des nouueaux troubles que luy voudroient fufciter les ennemis de
fon repos & de fa gloire. Et fi m'étendant dauantage fur mon fujet, ie rafraichis voftre memoire,
qu'en vn acte de Philofophie ie reclamay voftre
prefence, qu'on n'aille pas formant en fa penfée
que ce reffouuenir procede & prenne fa fource de
mon intereft, efperant par ce moyen m'éleuer à la
poffeffion de vos bonnes graces, bien que tres-
honorables & auantageufes à ceux qui les peuuent
acquerir, puifque n'ayant pas l'honeur d'eftre
connu de vous, la feule reputation du plus digne
Prelat de France m'obligeoit à ce refpect, que
vous auiez acquife par vne Eminence de fçauoir &
de vertu fans feconde, & au poinct de laquelle
pas vn de voftre âge n'auoit peu s'éleuer & paruenir: Si bien que cette action ne me doit pas rendre plus confiderable auprés de voftre Eminence,
puis que d'vn deuoir vniuerfel la reconnoiffance à
vn particulier n'en doit pas eftre grande, & que
faifant la reflexion à la caufe, à cet extraordinaire
fçauoir que vous auez acquis de fi bonne heure,
l'effet qui eft l'hómage qu'on vous rend, ne peut
en rien vous obliger, dautant auffi que la fcience
& la vertu ont de grands rapports aux inclinations
& aux volontez des ames bien nées, de forte que
par ces raifons ie deuois defirer l'hóneur de voftre
affiftance en cette action, puis qu'il eft vray que la
preséce & parole d'vn fçauát & vertueux eft à nos
ames, ce que la lumiere & la chaleur du Soleil eft à
nos corps. Mais feroit peu que ma reconnoiffance,

A iij

fi la France demeuroit ingrate & ſtupide au reſ-
ſentiment des extremes obligations qu'elle a à la
ſouueraine Bonté, de ce que ſa main liberale luy
a departy cette faueur & ce don ſi precieux de voſtre naiſſance en l'eſtenduë de ſes terres ; que ſi le
Ciel ne l'euſt fauoriſé de cette préference, elle
ſeroit priuée des proſperitez & auantages qu'elle
a acquis ſur les autres pays par voſtre conduite &
entremiſe paſſionnée à ſes intereſts & accroiſſe-
ment. Qui auroit éleué en ſon ame & conduit ſi
prudemment à vne heureuſe fin ces genereux deſſeins, que l'eſprit humain ne pouuoit ſeulement
receuoir en ſa penſee, comme éloignés de l'eue-
nement qui leur a ſuccedé ? Qui auroit oſé atta-
quer la Rochelle qui auoit le ſurnom d'imprena-
ble ? & cependant en moins d'vn rien vous l'auez
reduite à ſouffrir le joug de l'obeiſſance qu'elle
deuoit à ſon Prince : & ces limaçons d'Angleterre
n'ont pas pluſtoſt leué les cornes pour ſa deffence,
que vous les auez fait abbaiſſer & retirer auec in-
famie dans la coquille de leurs vaiſſeaux, eſtans
forcez de faire vne retraite honteuſe & precipitée
vers le lieu où leurs temeraires penſées auoient eu
l'aſſeurance de former, ou pluſtoſt continuer la
vaine entrepriſe de leurs predeceſſeurs ſur la Frãce. Et en ſuitte ce party preſſant de la Religion,
cette beſte affamée de villes & fortereſſes, dont
elle ne pouuoit eſtre aſſez raſſaſiée : Cette Hydre
à pluſieurs teſtes qu'on ne pouuoit terraſſer : Cette
ſource inépuiſable de nos maux : En vn mot cette
gangrene qui s'eſtant attachée aux extremitez du
corps de la France s'en alloit gaignant le cœur &

l'infectant de son venin, si vostre main adrette
n'eust appliqué le remede necessaire, & en temps
& lieu pour sa guerison. Ce n'est plus rien q'vne
impression d'vne chose qui a esté & qui n'est plus.
Ce Colosse de Babylone, ces murs de Semiramis
aux siecles passés ont saisy d'estónement les ames,
leurs merueilles ne sont plus, on cesse de les admirer. Troye a esté, elle n'est plus, on n'y pense
plus : La Deesse qui la gardoit est enleuée, Troye
est embrazée : la Rochelle & Montauban ont esté
tres-puissantes, le Prince qui les conseruoit, ou
pour mieux dire, qui differoit leur ruine, a esté ra-
uy par le Ciel, elles n'ont plus eu de subsistence, &
ont perdu leur renommée, la foudre du Tout-puis-
sant estant mise en vos mains, a faict éclater le nu-
age épais de leur rebellion & malice, pour tom-
ber sur leurs testes, & les écrasant les reduire en
cendre & poussiere.

Et depuis en Italie que n'a-t'on point veu? Vn
Spinola qui par tant d'années s'estant exercé à la
guerre, auoit acquis le renom d'vn des plus habiles Capitaines du monde, & qui auoit tousiours
fait teste au Grand Prince Maurice, cepédant il est
mort de regret & de déplaisir qu'vn Cardinal de
RICHELIEV luy aye monstré sa lecon, & appris à
son maistre & à luy à decliner côtre leur coustume,
rendant vains leurs efforts & reduisant en fumée
les projets de si loing premedités par le conseil
d'Espagne, qui n'estant point suiet aux effects de
l'inconstance, cause de l'esloignemēt des personnes experimentées au maniment des affaires d'E-
stat, a tousiours tenu le premier rang des conseils

de la terre, & n'a iamais pû voir sa reputation bles-
sée iusques à ce que vostre rencontre renuersant
ses desseins, a donné la connoissance qu'vn siecle
fait naistre ce que cent autres precedens n'auoient
pû produire au monde. Et si contre l'ordre de nature ce Prince Maurice pouuoit reuenir icy bas,
quels rauissemens auroit-il en son ame, voyant
que la mesme cause de sa fin a esté celle mesme
de son ennemy, le déplaisir qu'il eut d'vn mauuais
succés de la guerre en la prise de Breda le priua de
l'estre, & le regret qu'eust Spinola des malheu-
reux euenemés de la guerre qu'il entreprit en Italie, luy causa le non estre, & le tout par la conduite
de nostre Vlysse Frãçois, qui triompha de la perte
de cét Hector, non pas Troyen, mais Genois
Espagnolisé. Et bien qu'en ligne directe l'attaque
du Roy d'Espagne semblât n'estre faite qu'au Duc
de Mantouë, toutefois en collaterale le contre-
coup eût porté sur les autres Princes & Souue-
rains d'Italie : de mesme que lors qu'on découure
plus d'vn Iris ou Arc-en Ciel en l'air, l'vn est bien
formé par l'élancement des rayons du Soleil qui
dõnent directemẽt sur la nuë, mais par le contre-
coup & reuerberation de cette nuë sur vne autre
qui luy est opposée, ou plustot collaterale, d'autres se forment & prennent leur naissance : & ce
rapport se peut souffrir puisque *Rayos* signifiant les
rayons & la foudre, on peut dire que si d'vne part
les rayons du Soleil forment plusieurs Iris par la
reuerberatiõ d'vne nuée cõtre vne autre de la mesme façon *Voto à Dios que Principes d'Italia fuessen*
tocados delos rayos del Rey d'España, La foudre des
                                                armes

armes du Roy d'Espagne eut mis en poudre & reduit à neant les puissances d'Italie par le contre-
coup de la ruyne du Duc de Mantouë : Et ie diray
plus , que comme la nuë où cét Iris se forme est
épaisse du costé du Soleil, & claire & transparente
du nostre, & que les rayons de cét astre donnant
dessus sont cause de la diuersité des couleurs, les
brunes demeurant vers le Soleil, & les plus clai-
res vers nous : De mesme la nuée de cette guerre
est demeurée obscure du costé du Roy d'Espagne,
& a esté éclaircie du nostre par le secours que vous
auez donné à propos en Italie, & l'ambition Espagnole ayant agy en cét endroit, a semé les diui-
sions & allumé les feux de guerre, qui de puis ont
épandu leurs flammes par tous les coins & cantons
de l'Europe.

Et durãt ces troubles vostre sagesse qui sçait cõ-
passer & mesurer les temps, n'a-t'elle pas fait reprendre & rendre par force à l'Espagnol les lieux
& passages d'importance qu'il auoit iniustement
vsurpez sur les Grisons & en la Valtoline ; & i'ose
dire qu'alors le Milanois eust esté rauagé & l'ennemy entierement chassé de l'Italie, sans les effets
de vostre bonté & patience admirable, qui n'ont
iamais permis la perte & la ruyne des personnes,
qu'apres des excez d'outrages, & de desseruices
rendus au Roy & à son Estat ; Ie dis cette patience
qui est cause, que bien qu'il estoit en vos mains de
donner cét auantage à la France, vous en auez dif-
feré le succez en vn autre temps, que cette ambition Espagnole aura fait renaistre de nouueaux sujets de guerre aux François, faisant voir en cette

occafion que toutes les vertus font égales en vous,
donnant lieu à voftre iuftice d'éclater, & de fe faire
connoiftre auffi parfaicte à toute l'Europe, que
voftre ordinaire generofité, qui vous donnoit autant de peine la retenant en cette faifon, qu'elle
vous auoit acquis de gloire aux actions preceden-
ter. Et fi le Roy a paru vn Dieu en Sauoye, lors
que le Duc croyant auoir pris le meilleur party
s'appuyant de l'Efpagnol, a efté contraint d'y re-
noncer, finon en effect pour le moins en apparêce,
& de recourir à fes bonnes graces, ce n'a pas efté
fans voftre aduis qu'il luy a redonné tant de villes
& fa fouueraineté prefque perduë, le faifant imiter
en cette action la Diuinité qui feule dône les puif-
fances & les fouuerainetés de la terre, Et au pays
bas le courage des Holandois abbatu de la perte
du Prince d'Orãge & du lieu où fes trefor eftoiêt
renfermés, a-t'il peu eftre releué que par voftre
efprit, qui les a animés à fe remettre en campagne,
& à affieger des villes dont la fin eft arriuée à leur
contentement, & felon qu'ils auoient projetté en
leurs ames ; & l'Efpagnol leur ayant donné la car-
te blanche pour la remplir des conditions auantageufes & telles qu'ils pouuoient defirer pour faire
la tréue, qui les a retenu & empefché de la figner
que voftre feule prudence, la vraye fontaine d'où
l'on voit écouler les eaux de graces & de faueurs
que le Ciel a verfé fur la France. Et fi l'on confi-
dere le diuertiffement des Armes de l'Efpagnol en
Allemagne par le Roy de Suede, ce genereux
Prince en qui la nature auoit fait renaiftre la refo-
lution & vigilance d'vn Cefar, & le courage &

bon-heur d'vn Alexandre, puis qu'auec vn petit
Royaume & peu de soldats il auoit pris tant de villes & forteresses sur ses ennmis , eut-il peu reussir
en ses desseins, si le cours de l'vsurpation Espag-
nolle n'eut esté auparauât arresté par vostre main,
qui fait ressentir les coups de si loin qu'elle est autant redoutée des plus grands Princes de la terre,
que la cause qui produit des effets si auantageux
pour nous, est admirée des plus deliés esprits de
nostre siecle. Doncque cét Hercule Suedois qui
trouuoit l'Europe trop petite en son ame pour la
borne de ses desirs & l'éclat de sa gloire, & qui
s'alloit imaginant, que les Empereurs n'estoient
que des mouches au milieu de ses desseins, apres
tant de conquestes sur ses enemis a arresté le cours
de ses victoires à l'abord de la France qu'il a re-
conu pour les Gades , & le nom fameux de Ri-
chelieu, pour la colomne qui representoit à sa
pensée, ne passe pas plus auant ; la rouë de ta
fortune est arrestee ? Et peut-on dire en suite de
la Lorraine , de cette ville de Nancy, vne des
meilleures places du monde, qui s'est renduë si vo-
lontairemêt, ie ne diray pas si laschement au Roy?
ne pouuoit elle pas attendre vn secours à propos
lors que les soldats matés du trauail & affoiblis
par les maladies, eussent eu le corps denué de force, & l'esprit de courage pour resister aux attaques
d'vne puissante armée qui les seroit venu secourir?
ou bien ne pouuoit-elle patienter qu'vne mort ge-
nerale suruenant à ses maladies (qui sont d'ordinaire contagieuses, à cause du sejour des armées
durant vn siege de longue durée)éclaircit le nom-

B ij

bre des soldats, ou que leur déroute & débandade
arriuant diffipaft l'armée du Roy, ou bien à faute
de fecours apres vn long fiege fouftenu, efperer
vne compofition auantageufe , ou du moins
honorable , & telle qu'ont accouftumé de receuoir les places d'importance comme elle eft ?
Et qui peut auoir incité le Prince de la mettre fi
promptement entre les mains du Roy ? feroit-ce
bien la terreur de fes armes qui auroiét vn fembla-
ble effet que le Soleil lors qu'approchant de noftre
Zenit & du figne du Lyon, il remplit l'air de fi viues
flames qu'il nous fait quitter les habits & recourir
aux fleuues & aux riuieres pour adoucir la violéce
de fes feux : Ainfi l'épouuante qu'il auroit eû à
l'abord des canons & de l'armée du Roy l'auroit
tellement efchauffé, qu'il fe feroit dépoüillé entierement , & ne croyant pas la Meufe capable de le
rafraichir & temperer fes ardeurs , il auroit trauer-
fé le Rhin, & paffé iufque'au Danube auec efpe-
rance de trouuer quelque foulagement à fon mal?
Ne feroit-ce point auffi la bonté de ce Duc, qui
fuccedant aux inclinations & à l'amour qu'ont eu
fes braues deuanciers pour la France, a defiré voir
leurs defirs accomplis, la France & la Lorraine v-
nies enfemble. Mais ie ne fçay fi la glofe a bien
fuiuy le texte, & fi les Philofophes de l'Empereur
trouueront la conuerfion reciproque, l'vnion de la
France à la Lorraine, l'vnion de la Lorraine à la
France ? ou fi Monfeigneur, cet effet a procedé de
voftre efprit, lequel ayant l'vfage parfait des fcié-
ces, vous a fait feruir en cette occafion du principal poinct de l'art de bien dire qui eft de perfuader,

& que le Prince ayant presté l'oreille à vos char-
mantes paroles, a esté si viuement touché par la
force & puissance de vos raisons, qu'il n'a pû agir
depuis que selon les impressiõs qu'il a receu en son
ame, de remettre ses places en des mains où elles
seroient en asseurance & à l'abry des entreprises
qu'on pourroit faire sur elles. Et sans sortir de ce
point, qui pourroit au contraire penetrer l'origine
des dissuasions & secrettes intelligences que nous
auons eu aux autres païs, auroit la connoissance
que si le Iugurta Castilien a esté en possession iusques à cette heure de faire des Scarus par tout, que
maintenant par les effets de la vicissitude vostre
industrie & preuoyance luy rendent le change, &
le payent en sa mesme monnoye qu'il a voulu de-
biter aux lieux où il a eu dessein d'establir son authorité, & qu'il a desiré reduire à son obeyssance.

Et s'il est permis d'étendre les discours & les
pensees sur l'absence collaterale du Iupiter de
l'Europe, ne peut-on pas dire auec verité, qu'vne
nuée obscure & tenebreuse enuironnant la France de toutes parts, la menassoit de l'enueloper dans
les tenebres d'vne eternelle nuict, si vostre Eminence n'eust faict sonner les cloches qui ont faict
euanoüir, ou pour le moins reietté en des lieux es-
loignés l'orage qui s'en alloit fondre sur nous, i'en-
tens si vostre bouche qui paroist de fonte à nos ennemis, ne leur eust enuoyé des paroles de fer. Que
si l'on pouuoit donner à cette absence le titre de la
nuict, ce seroit à la façon de celle d'Alcmene qui
fit naistre le dompteur inuincible des monstres de
la terre, & sa naissance fut la source & l'origine de

ſes genereuſes actions : auſſi cette obſcurité qui
paroiſſoit dans les diuiſions & le mélange des affaires d'Eſtat de la Chreſtienté , a requis la preſence du Roy , ſa preſence a faire reconneſtre ſa valeur , & ſa valeur l'a rendu le maiſtre de ces Icares ambitieux qui ont oſé s'oppo-
ſer à ſes deſſeins, & qui ſe ſont veu deſcheus & a-
byſmés dans vne mer de malheurs & de miſeres,
pour n'auoir pas reglé& compaſſé la grandeur de
leurs deſirs à la portée de leur peu de force & de
pouuoir. Mais ſans nous arreſter aux tenebres re-
uenons à la lumiere. En ce retour ſi deſiré & ſi neceſſaire à la France n'auez vous pas teſmoigné la
puiſſance de ce Capitaine fauory du Ciel,qui apres
auoir laiſſé le cours ordinaire du Soleil, le fit re-
tourner ſur ſes pas & demeurer au midy,au lieu où
il a plus d'effet& de vertu : & ie ne penſe pas manquer en ce rapport , puis que bien que le Soleil ſoit
la ſource de toutes les lumieres du monde, il a toutes fois ſa vertu dependante d'vne puiſſance qui eſt
au deſſus de luy; auſſi ce noble Prince eſt bien vn
aſtre plein de ſplendeur & de lumiere,mais ſa clairté n'eſt pas independante , elle tire ſa force & ſa
vertu d'vne influence ſuperieure à la ſienne , &
de laquelle il ne peut s'eloignér ſans voir à meſme
temps vne eclypſe qui ternit l'eclat de ſa naiſſance
& de ſon authorité.

Et de toutes ces actions qu'en doit-on inferer,
ſinon que voſtre conduite eſt inimitable, & que
ſes euenemens ſont inconceuables en nos ames , &
que la France peut dormir en repos puiſque vous
veillés pour elle. Ces feintes poëtiques & morali-
tés du temps paſſé de ces Argus, Gerions , & Bri-

arées sont acomplies & parfaites en vous, puis que vous voyés tout, connoissés tout, & frappés tout. Pallas ne pouuoit naistre que de la ceruelle d'vn Iupiter, cette science & prudence, sources de la gloire & grandeur de la France, ne pouuoient estre si parfaites en autre teste qu'en la vostre, & ces ressorts qui ont ioüé si puissamment & auec tant d'adresse dedans & dehors le Royaume, ne pouuoient venir d'autre part : beaucoup les peuuent admirer, peu connoistre, & pas vn imiter, s'il est vray que des choses qui sont par dessus la portée de nos esprits, l'esperance d'y paruenir nous en est interdite. Ie dis dedans le Royaume, puisque vostre vigilance qui a l'œil à tout, a banny l'infidélité de la Cour, cy-deuant le sejour ordinaire de la trahison & tromperie, laquelle n'ayant iamais subsisté sans la perfidie, fait d'autant plus admirer son effet, de luy auoir osté vne qualité qui luy estoit côme essentielle & inseparable d'elle. Ceux qui iouant en ce lieu pensent coucher de l'infidelité, trouuent vne chance qui leur ramene vne mauuaise rencontre, & reconnoissent qu'en voulant tromper & deceuoir les autres il n'y a qu'eux d'abusés à la fin du ieu.

Mais à quel propos m'arrester tant à ces particularités ? serois-ie bien si criminel que de vouloir resserrer & tenir enclose l'estenduë de vos actions dans la France, puisque toute la terre sçait que l'Europe n'a de face que celle que vous luy dônés. Il y en a eû vne de Venus que les peintres pouuoient bien alterer & changer en y appliquant le pinceau, mais par respect de l'ouurier, ils n'osoient

& ne le vouloient entreprendre : Vòstre ouurage
n'eſt pas de meſme, les Roys & les Empereurs
oſent & veulēt y mettre la main, mais ils n'y peuuēt
rien faire ſinon découurir la febleſſe qui va accom-
pagnāt leurs vaines penſées: ſont de mauuais peintres dont les traits ſont impuiſſans pour l'alteratiō
& changement de la forme que vous luy aués don-
née. Enfin l'on vouspeut dire, Monſeigneur, & ſãs
flaterie : Commandés aux eaux , vous eſtes vn
Neptune : commandés aux vents , vous eſtes vn
Æole. Aux eaux, puiſqu'au temps que la rage écu-
mante des flots renuerſe & rauage tout ce qui s'op-
poſe à l'étenduë de leurs bornes, vous auez donné
le frein à leur furie , rendant vains leurs efforts par
vn ſuccés in eſperé & contre l'attente vniuerſelle
des hommes, & l'Occean vous obeyſſant a fait reconneſtre, que vous eſtiez né pour le bien & bon-
heur de la France, comme la mer rouge en auoit
fait vn autre pour le ſalut dū peuple d'Iſraël. On
a auſſi vne parfaite conneſſance, que vous eſtes vn
Æole qui diſpoſés des vents & les rangés au pouuoir de vos volontés, vous les animés & les appai-
ſés au ſeul branle & mouuement de vos yeux. A
la priſe de la Rochelle vous auez fait ſouffler le vēt
de Suroueſt & de Galerne contre l'Auſter, preſage
des orages & des tempeſtes qui deuoient s'eleuer
vn iour & fondre ſur la teſte de ce Prince ſi puiſſāt
vers le Sud. A l'oppoſite ce Borée Roy de Suede ſe
ſeruant de la diſpoſition du temps, n'a-til pas gla-
cé ſes armes, & rendu comme immobiles à la
pourſuitte de ſes deſſeins ſi long temps enracinés
d'eſtre le ſeul Monarque de l'Vniuers, & bien qu'il
ne

ne fist la guerre que vers le Nort, on peut dire tou-
tesfois que lors Notus cõbattoit côtre l'Eurus, puis
que l'Empereur n'agifsãt qu'au nõ & pour le nom
d'Auſtriche, ayãt paty des courſes de ce cadet Atti-
la qui eſt venu rauager ſes terres, & mettre en cõfu-
ſion & en deſordre les villes de ſon Empire, par reflexion le chef de la maiſon a reſſenty le coup qui a
porté iuſqu'en Eſpagne. Et ce vent Aquilon &
Borée ayant diſparu pour auoir fait de trop grands
efforts, & agy auec trop de violence en ſes preten-
ſiõns, n'a-til pas quitté la place à des vents me-
toyens de Nordeſt & Nordoueſt aux Proteſtans &
aux Eſtats, qui ont conſerué le meſme aduantage
que ce vent principal leur auoit acquis. Et en Italie, & en la Valtoline l'Eſt ou le Zephyre n'a-til
pas adoucy de ſon haleine le mauuais temps? lequel
vent on peut bien appeller Fauonius, puis qu'il a fauoriſé les Italiens, leur féſant reſpirer le doux air de
la liberté preſque perduë, & qui ne leur a eſté con-
ſeruée que par voſtre moyẽ. C'eſt choſe tres-aſſeu-
rée que l'on ne cõnoiſt iamais la valeur & le merite
du bien que l'on poſſede iuſques à tant qu'on l'aye
perdu: on a les yeux bandés en la poſſeſſion & deſ-
ſillés en la priuation. Si ſept villes de Grece ont
verſé quantité de pleurs ſur la terre, & ietté des
ſoupirs ſans nombre en l'air, pour la perte d'vne
perſonne qui ne leur eſtoit neceſſaire, mais ſeulement agreable par les inuentions & gentilleſſes de
ſon eſprit.

Smyrna, Rhodos, Colophon, Salamis, Chios, Argos,
Athenæ :

La France deuroit répandre des larmes nonpa-

reilles , & fe conuertit toute en plaintes &
en fanglots fi elle fe voyoit deniiée de voftre affiftance, puis que fa conferuation dépend de la voftre, fi l'on doit iuger l'aduenir par le paffé. Et s'il
reftoit en nos ames quelque eftincelle de ces cou-
rages Romains, qui preferoiēt à toutes chofes l'hō-
neur & la gloire de leur pays, quels trophées ne
drefferoit - on point pour laiffer l'image & les mar-
ques à la pofterité d'vne perfonne fi digne de memoire par fa vertu & par fon affection enuers fon
Prince & fon pays , ne feignant point de facrifier
fa fanté & fa vie à toutes les occafions qui regardēt
le feruice de l'vn & l'auantage de l'autre. Ils auoiēt
en fi grande reuerence leurs dieux tutelaires qu'ils
en cōferuoiēt les images en leurs maifons; mais ce
qu'ils féfoient n'eftoit que par le feul mouuement
& trāfport de leurs fantaifies, & à des diuinités def-
quelles ils n'auoient point de cōnoiffance, fans autre fondement que d'vne foible opinion qu'ils a-
uoient cōceüe en leurs ames qu'elles leurs eftoiēt
fauorables: la France n'eft pas feulement obligée à
vous rendre le mefme honneur, mais toute l'Europe, hormis ce qui refte de la cabale Efpagnole,
deuroit auec elle auoir voftre portrait peint ou
graué en fes habitations & demeures, & non par
le feul mouuemēt de la penfée qui fe reprefente
fouuent pourveritables les chofes imaginées, mais
par la reconneffance de l'obligation procedāte de
l'entendement, qui va découurant les verités &
donnant la connoiffance de voftre diuine lumière,
qui nous a éclairé & conduit en nos preffantes ne-
ceffités : ce qui vous doit faire eftimer vn Legat de

la Diuinité defcendu du Ciel en terre pour le bien
de la plus noble partie du mõde. Mais ie m'empor-
te en mon difcours, & ie reconnois bien que ie fuis
trop long pour vn auant-propos d'vn petit traité,
& auffi trop fuccint & abregé voulant traçer & de-
peindre auec vn foible pinceau & vne plume qui
n'eft pas affés parée, les traits delicats d'vn fujet fi
digne & fi releué : mais fi ie fuis coupable par mon
parler, le crime du filence de ceux qui ont l'honneur d'eftre employés de voftre Eminêce eft beaucoup plus puniffable que le mien, ne mettãt point
en lumiere, & recelant au public des verités dont
ils ont des connoiffances plus particulieres que
les autres, qui ne les peuuent manifefter qu'en trê-
blant & auecque crainte d'ofter leur luftre & leur
grace en leur voulant donner de l'éclat : font des
verités qu'on deuroit toufiours auoir au cœur &
en la bouche, les eftimer de l'vn, & les publier de
l'autre. Xenophon & Salufte, Plutarque & Flo-
rus, Tite-Liue ou Tacite ont cherché de la gloire
au rapport des vies & des actions de Cyrus & Iugurta, d'vn Alexandre, de la Republique Romaine,
& des Cefars, mais ils n'auoient pas vne matiere
fi digne & fi releuee pour eternifer leur memoire
que les écriuains de ce temps, puis que le moindre
moment de voftre vie remplit les penfees des merueilles de vos deffeins fi bien pro-jettés & mefurés,
qu'il femble que la fin des chofes eft neceffitee d'arriuer au poinct que voftre iugement a preueu & or-
donné. Mais que dis-ie ? il n'eft pas en leur puif-
sáce d'en faire le veritable recit, qu'imparfaitemẽt,
& i'ofe dire fans quelque efpece de trahifon &

C ij

de larcin à lagloire qui vous eſt deuë : il n'y a eu
qu'vn Ceſar qui a pû dignement rapporter les diſcours & les faits d'vn Ceſar : il n'ya qu'vn Cardinal de RICHELIEV, qui puiſſe repreſenter parfaitement les entrepriſes & les actions genereuſes d'vn
Cardinal de RICHELIEV; on peut bien admirer
leurs euenemens, mais de paruenir à la connoiſſance des motifs & des cauſes qui les ont fait eſtre,
cela ne ſe peut, elles ont pris leur naiſſance en des
idees ſi diuines & ſi releuees, que pas vn hôme n'en
peut comprendre la merueille, ny ſçauoir côment
& à quelle fin elles ont eſté : mais doit-on l'eſpe-
rer ? il n'a pas le temps de les mettre en lumiere, il n'eſt pas à luy, il s'eſt raui à ſoy-meſme pour
ſe donner à d'autres, au Roy ſans aucune reſerue,
& à ſa patrie. De toutes les qualités & attributs
qu'on a donné aux Princes, iamais pas vne n'a cha-
touillé mon ame, comme celle de Coſme de Medi-
cis qu'on appella Pere de ſa patrie : & ma raiſon
c'eſt que ce ſurnom de Pere eſt marque de l'amour
& du cœur du peuple qu'il s'eſtoit acquis, qui eſt
tout ce qu'vn Dieu meſme peut deſirer des hômes.
Et qu'eſt la Florence rapportee à l'étenduë de l'Europe, ce n'eſt pas la centieme partie, & toutes fois
preſque toute l'Europe vous doit reconeſtre pour
ſon Pere , puis que vous ne reſpirés & n'agiſ-
ſés que pour elle. Et ſi ſuiuant vne mauuaiſe cou-
ſtume qui eſt tournee en habitude en la France, de
parler trop librement & à la volee ſur tous les ſu-
jets qui ſe preſentent, meſlant les ſecrets du Prince
auec les intereſts particuliers, les choſes ſacrees
auec les profanes, ſi doncque par la ſouffrance de ce

defaut quelque lãgue infolente ofe pronõcer qu'il
feroit bien vray fi les douccurs de noftre vie n'e-
ftoient point détrempees dans le fiel & amertume
de la guerre, ie répons qu'on fe fert fouuent d'vn
contraire pour paruenir à ce qui luy eft oppofé, la
vertu qui eft le repos de l'ame n'a iamais efté acquife que par le trauail & la peine : pour iouyr d'vne
paix affeurée, & d'vn repos qui foit de longue du-
ree, on eft quelquefois neceffité d'entreprẽdre vne
guerre, celle que nous faifons n'eft qu'eftrangere
& hors du Royaume, qui n'eft pas dangereufe
comme les ciuiles qui font déracinees de la Frãce,
& par qui ? c'eft chofe fuperfluë de le dire. C'eft
ingratitude de taire & enfeuelir dans la tombe de
l'oubly la grãdeur d'vn bien que l'on voit & qu'on
reffent. Les enuieux qui ont le cœur rõgé d'vne in-
quietude noire & malicieufe, ne fçauroiẽt faire que
ce qui a efté n'ait efté, & leur mécõnefsãce ne peut
nier que la confufion & le defordre des affaires d'E-
ftat n'ayent requis voftre prefence, cette prefence
a fait naiftre les genereux deffeins, & ces genereux
deffeins ont efté conduits par voftre prudence, qui
a fait arriuer les chofes à vne heureufe fin & du
tout inefperée. Mais i'allume trop de feux & de
flambeaux pour rendre fi peu de chaleur & de lumiere, ie m'étens par trop pour en dire trop peu,
& fi i'en dis trop pour fatisfaire fi peu, & ie reffens
que mon ame chancelle & tremble entre les deux
mouuemens contraires du defir & de la crainte,
elle defire découurir la lumiere éclatante de vos
veritez, & elle craint que leur clairté ne foit offuf-
quée par les tenebres de mon ignorance, elle veut

C iij

faire pareſtre leur dignité & excellence, & elle a
peur que leur ſublimité ne ſoit offenſée par la baſ-
ſeſſe de mes diſcours. Si bien qu'en ce combat mon
eſperance n'a recours qu'à ce fauorable accueil de
voſtre Eminence, qui a des charmes ſi puiſſans, que
iamais on n'a pû iouyr de ſa preſence & ſortir mé-
content d'auprés d'elle, & auſſi à voſtre bonté,
MONSEIGNEVR, laquelle ſupleant à mes deffauts, vous fera receuoir ma volonté pour l'effet, ce
que ie puis pour ce qu'on vous doit. Et par ce
moyen eſtant libre de la crainte que rien ne dé-
plaiſe à vos yeux en ce petit traité, il me reſtera
cette ſatisfaction, qu'on me pourra reprendre du
bien dire, non pas de la conneſſance qui m'a donné les ſentimens que toute ame genereuſe &
ennemie de l'ingratitude doit auoir de viure &
mourir,

MONSEIGNEVR,

Voſtre tres-humble, tres-
affectionné & tres-obeïſſant
ſeruiteur,   P.

RAILLERIE
VNIVERSELLE.

SI les vertus sont delaissees
Bien qu'elles deuroient nous
charmer,
C'est qu'estant mal recompensees
Peu de gens les veulent aimer.

Si le vice deuient enorme
En s'attachant aux passions,
C'est que l'habitude se forme
Par des frequentes actions.

Si nous seruons d'apprentissage
Aux maux que nous voulons guerir,
C'est qu'vn Medecin n'est pas sage
Qu'il n'en aye bien fait mourir,

Si nous connoissons par pratique
Que le monde est remply de fous,
C'est le vin, la femme impudique,
Et le jeu qui nous perdent tous.

Si la personne bien accorte
Se regle en sa condition,
C'est crainte d'vne chaine forte
Que traine l'obligation.

Si le jaloux a l'humeur morne,
C'est qu'vne Venus sans respect
Le menace du Capricorne
Si Mars y mesle son aspect.

Si le bien-fait peut estre vtile
Et faire que l'on soit aymé,
C'est qu'en l'année moins fertile
On recueille ayant bien semé.

- Si plusieurs ont souuent enuie,
Et la perdent d'estre à la Cour,
C'est que la douceur de la vie
N'est pas en ce fardé sejour.

Si la peste, famine, & guerre,
Sont presages de la douleur,
Les femmes qui sont sur la terre
Sont les Cometes du malheur.

Si nostre humeur insatiable
Veut de l'argent en quantité,
C'est que rien n'est insupportable
Comme d'estre en necessité.

D

Si l'Auocat a la richeſſe
Il ne s'en faut pas étonner,
Puis qu'il commence en ſa jeuneſſe
A tout prendre & ne rien donner.

Si l'amour eſt vne manie
Qui jette la pouſſiere aux yeux,
C'eſt faute de ſuiure Vranie
Qui nous conduiroit dans les Cieux.

Si la flaterie peut plaire
De la part d'vn rusé flateur,
C'eſt qu'elle n'eſt pas aſſez claire
Pour en vouloir mal à l'autheur.

Si lon voit viure d'vne fable
Vn Aſtrologue inſuffiſant,
Vn Poëte eſt ſi miſerable
Qu'il meurt de faim en la diſant.

Si ceux qui peschent des anguilles,
Et toutes sortes de poissons,
Ne peuuent pas prendre des filles,
C'est que l'or manque aux hameçons.

Si l'action la plus posée
Donne sujet de discourir,
C'est que toute chose est glosée,
Quand le sage en deuroit mourir.

Si celuy qui preste est vn Ange
Au temps qu'il nous fait obliger,
Quand il faut payer il se change
En diable pour nous affliger.

Si beaucoup dans leurs mariages
Ont des yeux qui ne peuuent voir,
C'est que ceux qui sont les plus sages
Ne desirent pas tout sçauoir.

D ij

Si l'on doit fuyr la connoiſſance
Des plus dangereux ennemis,
Les vices qui prennent naiſſance
Ne ſeront pas de nos amis.

Si la fille qu'on a paree
Ne charme pas les regardans,
C'eſt qu'vne pilule doree
Eſt ſouuent amere au dedans.

Si l'homme tombe en ſa vieilleſſe
En vne grande pauureté,
C'eſt vn ſigne qu'en ſa ieuneſſe
A trop aimé l'oiſiueté.

Si l'homme remply d'innocence
Eſt attrapé des Courtiſans,
C'eſt qu'il ne ſçait pas leur eſſence,
Traiſtres, flateurs & médiſans.

Si l'on pouuoit voir vne espece
Sans son genre quand c'est vn mal,
L'homme quitteroit sa paresse
Pour n'estre plus vn animal.

Si le Singe, & la sotte femme
Nous font rire en leurs actions,
C'est que le plus souuent leur ame
A de mesmes conceptions.

Si le sage quoy qu'il endure
N'est pas pressé de s'embarquer,
C'est qu'il sçait prendre sa mesure,
Et le temps ne luy peut manquer.

Si beaucoup de ceruelles vuides
En rendent tant d'infortunés,
C'est qu'on ne donne pas des guides
Aux aueugles passionnés.

Si la femme deuotieuse
Est en estime d'vn chacun,
C'est qu'vne pierre precieuse
A son prix qui n'est pas commun.

Si la bigote oyant la Messe
Pouuoit acquerir la douceur,
Elle tiendroit mieux la promesse.
Qu'elle fait à son Confesseur.

Si la parole est mesprisée
Au discours qu'on ne peut cesser,
C'est qu'elle n'a point de visee
Quand on la dit sans y penser.

Si le Financier a l'enclume
Qui forge l'or en vn moment,
Quand le temps change & qu'on le plume
Il le rend aussi promptemens

Si les renars ont l'asseurance
De prendre par tout des pouſsins,
C'eſt qu'ils ſçauent bien qu'en la France
On ne punit pas les larcins.

Si le temps retient les penſées
D'vn qui fait profiter ſon bien,
C'eſt que quand les eaux ſont paſſées
Les moulins ne ſeruent de rien.

Si les femmes qui ſont honneſtes
Ne doiuent point aller au bal,
C'eſt crainte de mauuaiſes beſtes
Quy s'y trouuent pour faire mal.

Si le deſir inſatiable
Eſtoit conduit par la raiſon,
On ne trouueroit pas aimable
Ce qui n'eſt que fiel & poiſon.

Si nous croyons que l'Alquemiste
N'est pas sage en sa qualité,
Qu'est sa science qui consiste
A tromper en la quantité.

Si c'est vne chose éuidente
Qu'il pert l'or en son action,
C'est qu'vne forme precedente
N'est pas en la priuation.

Si les Luts charment les oreilles
Des femmes qui font des cocus,
Le son du verre & des bouteilles
Rauit les enfans de Baccus.

Si la peur dont l'ame est touchée
Donne au corps de si grands tourmens,
C'est parce qu'elle est attachée
Au principe des sentimens.

Si

Si l'on voit que le Faucon priſe
Les cœurs qu'on donne en ſes repas,
C'eſt que la viande eſt exquiſe
Puiſqu'on en veut bien qu'on n'a pas.

Si l'amour fait vne partie,
Il agit en perfection
Quant il fait que la ſympatie
Le ſeconde en ſon action.

Si l'huile eſt vn puiſſant remede
A bien des maux pour les guerir,
L'eſprit que le ſage poſſede
Peut encore mieux ſecourir.

Si le vieil amant qui ſoûpire
Fait le ieune homme & ne l'eſt pas,
N'eſt ce pas qu'vn chacun d ſire
Se déguiſer iuſqu'au treſpas.

                                   E

Si l'on voit changer les iournées
A des fauoris de la Court,
C'eſt vn effet des deſtinées,
Et non pas de l'aſtre du iour.

Si l'on n'a point de recompenſe
De ces Courtiſans affronteurs,
C'eſt qu'ils font ſi grande dépenſe
Qu'ils n'ont rien pour leurs ſeruiteurs

Si les femmes ſont des lyonnes
Eſtant jalouzes des maris,
Pour les faire deuenir bonnes
Qu'on les éloigne de Paris.

'Si le viſage de la Lune
Eſt bien ſujet au changement,
Qu'eſt le maſque de la Fortune
Qui la deguiſe en vn moment.

Si Dieu donne aux hommes d'Eglise
Du bien qui ne peut profiter,
Cela se fait par l'entremise
Du diable qui leur fait quiter.

Si l'on charme par flaterie
Ceux qui sont en prosperité,
C'est qu'ils trouuent la manterie
Plus douce que la verité.

Si l'homme peut donner à boire
De la glace en toute saison,
C'est quand le soupçon luy fait croire
Qu'il est trahy dans sa maison.

Si plusieurs au lieu de déplaire
Sont bien venus en demandant,
C'est qu'ils commencent leur affaire
Par les presens en abordant.

E ij

Si la chose a plus de merite
En cachant les deffauts qu'elle a,
L'eau qui dort & l'homme hypocrite
Ont de l'auantage en cela.

Si les fourmis ayant des ailes
En volant rencontrent la mort,
La liberté qu'on donne aux belles
Ne leur fait gueres moins de tort.

Si l'on fait bien lors qu'on appaise
Vn Sergent qui tient au colet,
C'est que le poisson est bien aise
Quant il s'eschappe du filet.

Si l'on estime la sagesse
D'vn que l'or ne peut attirer,
C'est que la plus grande richesse
Est de ne le pas desirer.

Si Naple auec son influence
Peut pourrir les corps & les dents,
C'est qu'elle trouue vne substance.
Qui se porte à ses accidens.

Si la Sereine a des delices
En ses yeux qui sont pleins d'appas,
Elle cache ailleurs ses malices,
En sa queuë qu'on ne voit pas.

Si le Noble auec sa noblesse
Ne trouue pas dequoy disner,
L'argent à cette gentillesse
Qu'à toute heure il en peut donner.

Si le poltron qui craint la touche
Fuyt vn assaut par dessus tout,
C'est qu'on ne voit pas vne mousche,
Prés d'vne marmite qui bout.

Si l'homme doux est plein de charmes
Pour obtenir tout ce qu'il veut,
Le rude fait tant de vacarmes
Qu'on luy resiste tant qu'on peut.

Si la fille fait qu'on soupire
Quant on la voit tant rechercher,
C'est qu'on doit plaindre le nauire
Qui va donner contre vn rocher.

Si l'on met de la difference
Aux hommes par l'exterieur,
C'est qu'on s'attache à l'apparence
Quand on ne connoist pas vn cœur.

Si le sage aime mieux vn Liure
Qu'vn homme pour son entretien,
C'est qu'vn Liure apprend à bien viure
Et l'homme souuent ne vaut rien.

Si des personnes bien accortes
Font tous les iours tant de cocus,
C'est que rien n'ouure bien les portes
Comme les clefs & les escus.

Si l'ignorant sçait bien son rolle,
C'est quand sa langue ne dit mot,
Puis qu'en retenant sa parole
On ne voit pas qu'il est vn sot.

Si le docte en Geometrie
A bien de la subtilité,
On a bien autant d'industrie
Quand on sort de neceßité.

Si la femme est vne volage
Qui ne fait qu'aller & venir,
L'occasion a bien plus d'âge,
Que l'on ne sçauroit retenir.

Si l'on voit que le mal extreme
Se relasche dans le tourment,
Les dettes ne sont pas de mesme,
Leur peine dure incessamment.

Si les champs plaisent aux gendarmes
Pour satisfaire à leurs desirs,
Les pauures y versent des larmes
Auec beaucoup de déplaisirs.

Si l'on fait des plaintes ouuertes,
Que l'impuissance est attentat,
C'est que les maisons découuertes
Ne sont pas en vn bon estat.

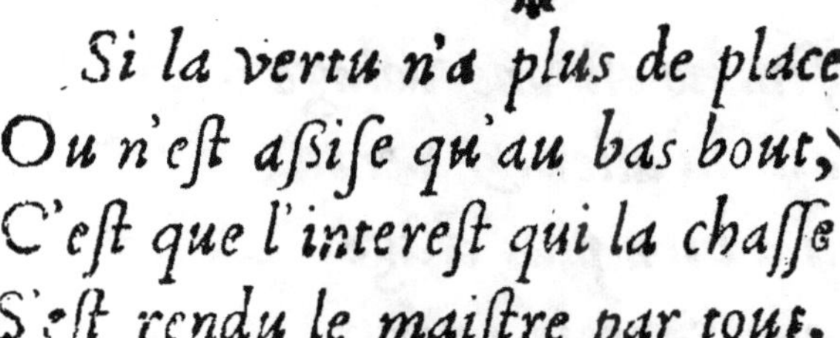

Si la vertu n'a plus de place
Ou n'est assise qu'au bas bout,
C'est que l'interest qui la chasse
S'est rendu le maistre par tout.

Si

Si l'Auocat a la science
De faire durer le procés,
Le Medecin a l'impudence
De faire durer les accés.

Si la fille de sa naissance
Fait du mal en la regardant,
C'est que l'espine a la puissance
De picquer en se defendant.

Si le joüeur dit des blasphemes
Transporté dans sa passion,
Vn marchand en fait bien de mesmes
Pour vendre à sa discretion.

Si l'homme a de la suffisance
Et s'il ne sçauroit profiter,
C'est que l'art a peu de puissance
Quand Dieu ne veut pas assister.

Si l'amant difcret eft coupable
Aimant la femme d'vn jaloux,
C'eft que l'objet en eft blamable
Bien que fon peché femble doux.

Si la vieilleffe eft dedaignée
Des ieunes pleins de paffions,
C'eft qu'ayant leur âge efloignée,
Ils ont d'autres affections.

Si le médifant fait la guerre,
Et s'en voit puny quelque iour,
C'eft que lors qu'on iette vne pierre
On doit attendre le retour.

Si l'on voit vne vieille rude
Quand on la penfe corriger,
C'eft qu'elle a pris fon habitude,
D'où vient qu'on ne la peut changer.

Si pas vn homme ne peut dire
Qu'il soit heureux auant sa mort,
C'est qu'on ne voit pas vn nauire
Asseuré deuant qu'estre au port.

Si la musique est innocente
En seruant aux deuotions,
Elle est autrement agissante
Parmy les folles passions.

Si ce n'est pas chose commune
D'auoir à la Cour de l'argent,
C'est que pour y faire fortune
Faut estre sourd & diligent.

Si Rome a presenté l'Empire
A Cippe, vn cornu citoyen,
En ce temps vn cornu fait rire,
En n'est pas Roy par ce moyen.

F ij

Si la fortune moderée
Contente vn cœur libre de soins,
Pour auoir l'ame temperée
Vn courage n'en vaut pas moins.

Si le Berger dans sa cabane
Desire l'or pour estre heureux,
C'est que l'homme n'est plus vn asne
Pour en deuenir amoureux.

Si l'on voit qu'vne giroüette
Fait des tours autant que le vent,
La femme est vne piroüette
Qui tourne encores plus souuent.

Si la ceruelle bien solide
Passe par tout sans s'ebranler,
C'est qu'ayant la vertu pour guide
On ne craint pas de chanceler.

Si la Dialectique inuente
Des sujets pour bien disputer,
Vne Harangere impatiente
En touue autant pour ergoter.

Si quelque gentilhomme outrage
Vn bourgeois auec de l'excés,
Qu'il luy souhaite en mariage
Vne putain, & des procés.

Si le voyageur se delasse
Dessus le lict d'vn paysan,
C'est que l'ennuy fuit sa paillasse
Pour estre au lict d'vn Courtisan.

Si le monde a tant d'artifice
Qu'on a paine d'en eschapper,
C'est qu'on ne voit pas vn office
Si general que de tromper

Si l'Auocat est plein de ruses
Pour déguiser la verité,
La femme trouue autant d'excuses
Pour faire vne infidelité.

Si les offices se possedent
Par ceux qui n'ont point de sçauoir,
C'est que les plus sages leur cedent
Puis que l'argent les fait auoir.

Si l'on voit qu'vn Iuge dérobe
Dans vne Cour de Parlement,
C'est que pour porter vne robe
On n'a pas plus de iugement.

Si la galere est sans amorce
A quelque larron effronté,
C'est que tout ce qu'on fait par force
Ne peut plaire à la volonté.

Si le jaloux tient de la Lune,
Et prend la mousche à tous propos,
C'est peur d'vne chose commune
Qu'il est priué de son repos.

Si les ames qui sont finettes
Font voir qu'vn homme est vn mocqueur,
C'est qu'on ne voit point de lunettes
Qui puisse découurir vn cœur.

Si par les effets de l'enuie
Le bon souffre d'estre off nsé,
C'est qu'il espere vne autre vie
Où le bien est recompensé.

Si la femme est vne rusee
Que l'on ne connoist que bien tard
C'est que son ame est deguisee,
Et son corps souuent plein de fard.

Si l'homme de bien doit apprendre
A connoiſtre ſes paſsions,
C'eſt qu'il eſt obligé de rendre
Le conte de ſes actions.

Si la connoiſſance fait dire
Qu'on en croit ſages qui ſont fous,
C'eſt que la paſsion attire
Auecque des charmes bien doux.

Si les vieilles ſont des tempeſtes
Qui ne ſont propres qu'a troubler,
Que ne prend on de ieunes beſtes
Qu'ant on deſire s'emmeubler.

Si l'on deſire la ſcience
Des choſes que l'on doit preuoir,
La prudence & l'experience
Sont celles qui la font auoir.

Si

Si l'on doit vser de bricole
A la Perle ou bien aux Marests,
Que doit faire vn qui nous cajole
Pour nous mettre en ses interests.

Si Dieu guerit la maladie
Comme le souuerain agent,
On void vne main trop hardie
Au Medecin qui prend l'argent.

Si les bordels sont dedans Rome
Seulement en quelque quartier,
A Paris sauue le bon homme,
On en fait par tout le mestier.

Si l'on doit faire sa priere
Estant en peril eminent,
Vn bourreau frappant par derriere
Doit émouuoir vn patient.

Si deſſus la mer vn Corſaire
Dérobe auecque de l'excés,
Que fait ſur terre vn Commiſſaire
En feſant l'ordre d'vn procés.

Si l'homme de bien voit ſans craindre
La femme qu'il eſtime peu,
Croit-il que létouppe eſt à plaindre
Quand elle approche prés du feu.

Si la mort eſt tant deſirée,
C'eſt des affligés qui nont rien,
Puiſqu'on voit qu'elle eſt abhorée
De ceux qui pſſedent le bien.

Si l'on a la perſeuerance
Parmy les plus grands déplaiſirs,
C'eſt vn effet de l'eſperance
Qui flate au millieu des deſirs.

Si l'on eſt trompé par la forme
Des Cameleons de la Cour,
Le temps qui ne veut pas qu'on dorme
Les fera reconneſtre vn iour.

Si les vieux ont la face bleſme
Par l'entremiſe des douleurs,
L'amour des filles fait de meſme
Leurs donnant les paſles couleurs.

Si le Millan vit de la proye
Qu'il peut prendre iournnellement,
Vn Gendarme qui plume l'oye
Ne ſe conduit pas autrement.

Si les Sorciers perdent leurs ames
En ſeruant le Diable au ſabat,
Les garçons qui ſeruent les Dames
Se perdent dans le celibat.

G ij

RAILLERIE

Si l'on voit si grande asseurance
Aux coups faits par des estourdis,
C'est que n'ayans plus d'esperance
Le desespoir les rend hardis.

Si la peur donne des atteintes
Aux hommes pleins d'impietés,
C'est qu'on ne peut estre sans craintes
En sefant des méchancetés.

Si la crainte du cocuage
Peut trauerser nostre bon-heur,
C'est qu'on sent vne grande rage
Quant vne femme oste l'honneur.

Si nous deuons craindre qu'vn traistre
Ne loge pas dans nos maisons,
C'est qu'encores qu'on soit son maistre
On ne l'est pas des trahisons.

Si le charlatan qui nous prie
Obtien ce qu'il veut aisément,
L'argent a bien plus d'induſtrie,
Puis qu'il a tout en vn moment.

Si la priere d'vne dame
Fait tant d'effet ſur les eſpris,
C'eſt qu'elle ſçait vn autre game
Que les ſereins de Canaris.

Si la richeſſe eſt deſirable
Pour n'eſtre pas vn mandien,
Mal acquiſe elle eſt deplorable,
Et c'eſt vn mal, non pas vn bien,

Si l'Alquemiſte n'a qu'en bouche
L'argent qu'il promet aux humains,
C'eſt qu'vn habille qui le touche
Ne le va pas mettre en ſes mains.

Si la femme est malicieuse,
Et méprise la chasteté,
Ce qui la rend si vicieuse
C'est sa trop grande oisiueté.

Si l'Affrique donne naissance
A des bestes dans ses deserts,
La musique a mesme puissance,
On en void bien dans ses concerts.

Si l'ingnorant manque de ruse
Pour preuoir & fuyr ce qui nuit,
Il merite bien qu'on l'excuse
Puis qu'il ne marche que de nuit.

Si le sage ne parle gueres,
C'est pour n'auoir point de regret,
Puis que les paroles sont cheres
A celuy qui dit son secret.

Si les cheminées fumeuses
Chaſſent l'homme de ſa maiſon,
Les femmes qui ſont des cauſeuſes
Le font auec plus de raiſon.

Si le conſeil qu'vn vieil nous donne
Ne peut apporter que du bien,
C'eſt que la chaſſe eſt rouſiours bonne
Quant la meutte ſuit vn vieux chien.

Si les vieux ſont ſi miſerables
Que d'eſtre abandonnés de tous,
C'eſt qu ils nous diſent tant de fables
Que nous les tenons pour des fous.

Si le pauure cocu ſe faſche
Que ſon ſçauoir va trop auant,
Celuy qui luy met ſon panache
Eſt encores bien plus ſçauant.

Si la personne impatiente
Peut malaisément paruenir,
C'eſt que toute choſe excellente
Veut vn long temps pour l'obtenir.

Si le ſtupide ne s'anime
Des ſciences pleinnes d'appas,
C'eſt qu'il ne fait pas grande eſtime
Des choſes qu'il ne connoiſt pas.

S'il faut auoir de la ſcience
Pour faire aux eſchets vn bon tout,
Il faut bien plus de patience
Pour faire vn bon trait en amour.

Si les rats percent les murailles,
Et ne ſont propres qu'à ronger,
Les Poëtes ſont des cannailles
Qui cherchent par tout à manger.

Si

Si l'abstinence est necessaire,
Et si plusieurs la font en vain,
C'est quelle n'est pas salutaire
Quant on la fait faute de pain.

Si l'on est content d'vn potage
Où trempent le lard & les choux,
C'est que pour auoir dauantage
Le repas n'en est pas plus doux.

Si les femmes bien auisees
S'éloignent de l'occasion,
C'est parce que les plus rusees
Y trouent leur confusion.

Si les larrons font penitence,
Et sont pleins de contrition,
C'est peu puis que leur repentence
Manque de satisfaction.

H

Si quelque financier abuse
De la multiplication,
Pour vser d'vne contre ruse
Qu'on vienne à la substraction.

Si la plainte nous est loisible:
Vn Moine n'a point d'amitié,
La putain a l'ame insensible,
Et le Iuif vn cœur sans pitié.

Si l'on connoist que le silence
Est en la bouche d'vn prudent,
C'est qu'vn parler plein d'insolence
Fait voir qu'vn homme est impudent.

Si le sot nous veut faire croire
Qu'il est propre à plus d'vn mestier,
C'est qu'vn Lieure a peu de memoire
Puis qu'il oublie son sentier.

Si la chose n'est conseruée
En ayant la possession,
C'est qu'elle n'est pas releuée
Puis qu'on en pert la passion.

Si les Cesars en vne ligne
Signoient la fin de nostre sort,
Que fait vn Medecin qui signe
Vne ordonnance de la mort.

Si la peine est trop paresseuse
Vers les meschans pour les punir,
C'est que les Dieux l'ont fait boiteuse,
Mais pourtant elle doit venir.

Si l'amour d'vne morfonduë
Reduit vn homme à soupirer,
La santé qu'il aura perduë
Le fera beaucoup endurer.

Si la colique nous fait croire
Que ses vents sont malicieux,
Que doit faire le vent de gloire
A ceux qui sont ambitieux.

Si l'objet de l'Anatomiste
Est de mesme que d'vn boucher,
C'est que tout leur employ consiste
A ne rien faire que hacher.

Si la bourse n'a du dommage
Quant on entreprend de bastir,
Que l'on se mette en mariage
On luy fera bien ressentir.

Si le malicieux se range
Auprés d'vn bon pour l'attraper,
C'est qu'vn meschant luy rend le change,
Et l'empeche de le tromper.

Si l'on voit tant d'affetteries
En la bouche d'vn Orateur,
C'est que les nuës menteries
Font trop tost connestre vn menteur.

Si le sçauant sçait en son ame
Qu'il ne sçait rien parfaittement,
L'ignorant merite du blâme
Croyant sçauoir extremement.

Si les plaisirs que l'on possede
Redoublent leurs contentemens,
C'est quant la peine qui precede
A fait ressentir ses tourmens.

Si toute chose desirée
Fait souffrir dans la passion,
La peine n'a plus de durée
Quant on a la possession,

Si la femme qui fait la fine
Se fasche de se voir aimer,
Elle ne le fait que par mine
Pour se faire plus estimer.

Si le fer tiré de la braize
Doit estre battu chaudement,
C'est qu'estant hors de la fournaize
Il deuient froid en vn moment.

Si le sage passe sa vie
En seruant la Diuinité,
C'est peur de la voir asseruie
Sous les loix de la vanité.

Si la putain vante sa race,
Auecque trop d'affection,
Vn Breton a la mesme grace
Parlant de son extraction.

Si des personnes offensees
Parlent inconsiderément,
D'autres retiennent leurs pensees,
Et le font auec iugement.

Si le François dit ce qu'il pense
Alors qu'on le veut offenser,
Vn Normant traistre en recompense
Ne declare pas son penser.

Si l'on voit qu'vn Iuge desire
Des cornes pour estre paré,
Vn autre les a qui soupire,
Et son œil en est égaré.

Si la faueur tourne en disgrace,
Et nous ne desesperons point,
C'est que Dieu qui fait qu'on nous chasse
Nous peut mettre en vn plus haut point.

I

Si la grandeur demesurée
Pert le petit en ses souhaits,
C'est qu'vne victoire esperée
Ne vaut pas vne seure paix.

Si l'impudique est vne sotte,
Bien que son amour soit secret,
On a tort de croire idiotte
Celle qui refuse vn discret.

Si l'estocade est importune
Que tire vn adroit escrimeur,
Quant vn emprunteur en porte vne
On doit estre en mauuaise humeur.

Si le pauure a cette auenture
Que d'estre assisté du prudent,
C'est que la moindre creature
Peut seruir en quelque accident.

Si le vieil quant sa femme est morte
A si peu de ressentiment,
C'est que sa flamme n'est plus forte
Et qu'il s'en lasse promptement.

Si l'on méprise la parole
Parce qu'elle ne couste rien,
Elle n'est pourtant si friuole
Qu'vn rusé ne la vende bien.

Si la cassade est necessaire
Au ieu qui dépend du hazard,
Vn qui vend l'intellectuaire
Doit aussi l'entendre en son art.

Si l'on voit croistre vne amourette
Que l'on ne faisoit que par jeu,
C'est qu'vne petite bluette
Fait naistre souuent vn grand feu.

RAILLERIE

Si l'on voit la bourde ordinaire
Aux escrits d'vn Historien,
C'est ce qu'vn Auocat sçait faire
Aux causes qui ne valent rien.

Si l'on connoist des tromperies
Aux draps qu'on iuge des meilleurs.
Les esprits pleins de menteries
Font bien voir qu'on en trouue ailleurs

Si par où la couleuure passe
Le venin demeure arresté,
C'est ce qu'on remarque à la trace
D'vn remply de meschanceté.

Si l'homme, bien qu'il soit aimable
A crainte d'estre marié,
C'est qu'il se trouue miserable
Quant il est mal apparié.

Si le lien du mariage
Est plus fort qu'vn nœud gordien,
La mort a bien de l'auantage
Pour faire rompre son lien.

Si l'on voit qu'vne ame solide
Trauaille pour auoir du bien,
C'est que lors qu'vne bourse est vuide
C'est du cuir qui ne sert de rien.

Si le fils verse peu de larmes
Quant son pere vient à mourir,
C'est qu'il considere les charmes
Du bien qui le doit secourir.

Si l'ingrat a l'ame traistresse
Vers ceux qui le traitent le mieux,
C'est qu'vn chat traistre qu'on caresse
Porte sa griffe dans les yeux.

Si les maris craignent le blâme
Et les riches de s'hazarder,
C'est que les escus & la Dame
Sont difficiles à garder.

Si le Moine se sert de ruse,
C'est quand il demande pour Dieu,
Puisqu'on sçait bien qu'il nous abuse
Et qu'il prent l'aumosne en son lieu.

Si quelque personne est friande
Des bons morceaux en son repas,
Et ne sçait que vaut la viande,
Elle ne les merite pas.

Si c'est vn mal qu'vn coup d'espée
Qui nous met aux pieds du vainqueur,
Que fait la parole échappée
Qui porte son coup dans le cœur.

Si le paſſionné des Dames
Manque en leur diſant ſon ſecret,
C'eſt que les pies & les femmes
Ont touſiours le bec indiſcret.

Si l'on eſtime la fineſſe
D'vn renard qui penſe échapper,
Que doit-on dire de l'adreſſe
De celuy qui ſçait l'attraper.

Si dans vn marché le ruſtique
Y vend des veaux & des oiſons,
C'eſt ce qu'vn Procureur pratique
Au Palais en toutes ſaiſons.

Si l'ame n'eſt pas aſſeurée
En voyant des malicieux,
Faut la demeure ſeparée,
Et ne plus rien faire auec eux.

Si le Nain donne l'épouuante
Quant il aborde prés des fous,
Que fait l'amour lors qu'il enchante
Les yeux & l'esprit d'vn jaloux.

Si l'on voit qu'vn homme s'étonne
Quant la mort le veut accoster,
C'est parce qu'il sçait que personne
N'a pouuoir de luy resister.

Si le Deuin paroist vn asne
Iugeant vne mort faussement,
Vn grand Preuost qui nous condamne
La predit veritablement.

Si les soldats aiment la guerre
Et ne se plaisent qu'aux combats,
Tous les Sophistes de la terre
Ne respirent que les débats.

Si l'ame pleine d'infolence
Reçoit fouuent vn mauuais tour,
C'eft que la grande violence
N'eft excufable qu'en amour.

Si l'efprit eft bien neceffaire
Pour auoir du contentement,
C'eft qu'on ne fait pas vne affaire,
Q'en fuite de fon iugement.

Si l'on apprend vne fcience
Si mal en noftre nation,
C'eft parce que l'impatience,
Diuertit noftre affection.

Si quelque affaire d'importance
A de l'obftacle en la fefant,
Pour ofter toute refiftance
Qu'on intereffe l'oppofant.

K

Si l'amant passe son année
A la chasse des faux plaisirs,
C'est que son ame alienée
Le rend aueugle en ses desirs.

Si l'Orateur est plein de charmes
Pour émouuoir les passions,
L'argent a d'aussy bonnes armes
Pour changer les affections.

Si les langues qui sont disertes
Ont leurs bouches pleines de miel,
Leurs pensees qui sont couuertes
Cachent dans leurs ames le fiel.

Si quelqu'vn dit que la Grammaire
Ne monstre comme il faut parler
C'est que la nourisse ou la Mere
Instruit l'enfant à babiller.

✠ Si la femme vſant de la ruë
Ne guerit du mal qu'elle ſent,
Elle doit eſtre ſecouruë
D'vn Medecin adoleſcent.

Si c'eſt auantage de naiſtre
Grand Seigneur pluſtoſt que ſuiuant,
C'eſt qu'en donnant on fait le maiſtre,
Et le valet en receuant.

Si quelqu'vn tourne en raillerie
La rime faite en vn moment,
C'eſt qu'elle vient d'vne furie
Et non pas d'vn grand iugement.

Si le pauure n'a point de gloire
Se voyant en aduerſité,
C'eſt que la peine eſt l'acceſſoire
D'vne grande neceſſité.

Si la fille estant contrefaite
Fait qu'on souspire nuit & iour,
Sa richesse que l'on souhaite
Est la cause de cét amour.

Si le magicien profane
Peut faire quelques changemens,
C'est de changer vn homme en asne
Quant il croit aux enchantemens.

Si les rochers Caribde & Sylle
Se font craindre sans voyager,
C'est qu'ils sont ailleurs qu'en Sicile
Puisqu'on voit par tout du danger.

Si l'on doit loüer l'Alquemie,
C'est en vne riche maison
Où la dépense est ennemie
Quant elle est faite sans raison.

Si l'on voit qu'vn homme seconde
Quant vne belle veut l'aimer,
C'est qu'estant l'ornement du monde
Sa beauté peut tout animer.

Si ie ne suis pas punissable
Finissant bien sur son sujet,
C'est que sa pensee de sable
Vole au vent d'vn dernier objet.

Si nous voyons qu'vn Heretique
Ne s'amuse qu'à dissputer,
C'est l'exercice d'vn Critique
Contre vn qui ne peut imiter.

Si iusques à tant que l'on meure
Au monde on a mil déplaisirs,
C'est qu'on ne pense de bonne heure
A porter plus haut ses desirs.

Et si nostre ame n'est contente
Dans la richesse & les plaisirs,
C'est qu'horsmis Dieu toute autre attente
Ne peut contenter nos desirs.

FIN.

Extraict du Priuilege du Roy.

PAR grace & Priuilege du Roy , donné à Paris le 18. Ianuier, 1636. il eſt
permis à Pierre Targa, Imprimeur ordinaire de l'Archeueſché de Paris, d'imprimer vn Liure intitulé, Raillerie Vniuerſelle, auec deffences à tous Imprimeurs
Libraires & autres de l'imprimer ou faire
imprimer , ſans le conſentement dudit
Targa , durant le temps de ſix ans , ſur
peine de trois cens liures d'amende, &
confiſcation des exemplaires & cara-
cteres qui ſe trouueront faits par d'autres,
& de tous deſpens, dommages & intereſts,
comme il eſt plus amplement porté par
l'original des preſentes.